АЛЕКСЕЙ ЗАРАХОВИЧ

СВЯТЫЕ БАРЖИ

ИЗБОРНИК В 2-Х ЧАСТЯХ С ЭПИЛОГОМ

Photo of the author by В. Харченко, courtesy of the author
First Edition © 2025 Virgola Press

Published by Virgola Presswww.virgolapress.com
ISBN: 978-1-968788-12-4

АЛЕКСЕЙ ЗАРАХОВИЧ

СВЯТЫЕ БАРЖИ

ИЗБОРНИК В 2-Х ЧАСТЯХ С ЭПИЛОГОМ

VIRGOLA PRESS
NEW YORK

***

Белый завиток на моём окне
От речного света
Как развёл костёр на днепровском дне
Водяной для смеха

Взял гнилые сучья
Да косточки щучьи –
Вспыхнула вода

Хорошо горит
Далеко дымит

…Значит, судьба

Часть 1

***

Вода недвижна, а река бежит
Так на поверхности реки - вода лежит
Как яблоко немытое в ладони

Вот лодка с рыбаком стоят в углу
Вдвоём стоят, в какую-то Сулу
Уткнувшись носом, дышат полусонно

Что полусон, что полуявь — во всём
Предощущение Днепра, подъём
Большой воды, что влево от притока

А там и Киев… Яблоко хрустит
И на поверхности дороги путь лежит
Бежит дорога. Покачнулась лодка

***

Ночных озёр продолговатый звук
Как будто лодка, заступив за круг
Елозит брюхом о пологий берег

Левее вымостков, вот где-то здесь, внизу
Мой бедный друг на голубом глазу
В судьбу не верит:

— Несть низких и высоких берегов
Но глина с пузырьками мокрых слов
Чтоб воду петь, захлёбываясь глиной
И ближе окуня с тигровой полосой
Лишь облако с серебряной косой —
…Кому как видно

Что за деревьями пристыжены огни
Трёх дачных домиков и прячутся они
Лишь створки окон хлопают — и тихо

«…Была бы музыка»… А музыка была:
Транзистор пел — как яблоня росла
Чтоб всем хватило

—Что жаль мне тех, кого уже не жаль —
Как бы в себя врастающий кристалл
Невидимы. Чей оттиск так невнятен? —
Винильный шум из чёрно-белых пятен
Шероховатость или тишина

…На подоконнике сутулятся коты
Луной подсвечены и медленно лоснятся
У каждого кота своя луна
А человек один, он спички ищет

И открывается зазор внутри окна
Где мухи спят на спинах, распахнувши
Хитиновые шубы и в углу
Подсвечником с поджатыми плечами
Стоит паук и щурится во мглу —

Там рыба-дева всё плывёт ночами,
Сложив одежду в круглую волну…
И сны мальчишек мёрзнут на причале

— Несть дальних жалоб и чужих даров
Но жажда, что ушла из берегов
Про воду петь, что прячется от жажды

…Как если б на коротком поводке
Вся видимость и ходят по реке
Святые баржи, говорю –

Святые баржи

***

Нынче небо прозрачно до первых славян
Все святые в учанах, и полон учан
Сядет облако с краю

Облака – это горы, попавшие в рай
И мышиные норы, попавшие в рай
И пещеры монашьи, и жёлтые травы –
Облака, облака... По дороге домой
Все святые стоят над днепровской водой
Будто горы над самой днепровской водой
Выше собственной славы

Святы горы, скажу: Облака, облака -
И уносит мышиные норы река
И пещеры монашьи, и жёлтые травы

- Кто ты, рядом со мною, не бойся, смотри
Вот от Нижних на Верхние вышли Сады
Слухи - о переправе

ЖИЛИ-БЫЛИ

1

Рыбка-монах на колокольне
Попалась в сети и колоколит

Слушайте, дети, как сердце бьется
Ходит по ниточке красное солнце

Слушайте, дети

Как собирали мы рыбу живую и мертвую
Желтую, желтую
Как собирали золото в сумки тяжелые
Руки бедовые

Солнце о горы споткнулось два раза – три раза
Не видели – солнце невидимо

Люди и вымыслы, промыслы ближние
Промыслы дальние
Ранние
Помыслы поздние

Слушайте, дети

2

Во глубокие берега

Да невысокие речи

Ходит Баба-Яга

На костры человечьи

Ночью быстрой сквозной

Ты её не заметишь

Ставит рядом с тобой

Свои сети да верши

Рыбаки по старинке

Костры зажигают

Рыбаки по старинке

Себя утешают

— Нынче будет улов

Ни чехонь, ни плотвица

Будет сердце белуги

На вымостках биться

Участь примет свою

Заревую белужью

Встанет утренний пар

Над червлёною лужей

…Что же ты, все ли снасти твои на теченьи

Или правишь на дно прямо в ямы сомовьи

Это выбор, поверь, значит, будут сомненья

Неизбежные, ибо ведомы любовью

Вся любовь твоя здесь, вся вина твоя в этой

Уходящей воде в недалёкое счастье

В камышовое сито, да песочное тесто

Из которого лезут ничейные снасти…

В камышах сквозняки заходили локтями

Плавниками раздвинулись чёрные плавни —

Это карпа червлёного скользкие слитки

Это белых кувшинок озёрные сливки

Это щучьих племён отдалённые громы

Это сом забирается в ближние норы

…Ночью быстрой сквозной

Что ни клёв, то обманка

Словно ветер себя уподобил приманке

Так чтоб длинных удилищ короткие взмахи

Рвали надвое мёртвое горло рубахи

И тогда по хребту позвонки раздвигая

Опускалась за шиворот скользкая стая

— Это страхи, как шарики рыбьего жира

Это жереха жар, это холод налима

Это синих лещей отворённые губы

Это дуют сазаны в подводные трубы

…Это берег молочный, кисельные реки…

Это правда о плачущем человеке

ВЕСНА

Помнит река свои заливные луга
Кровь моя, где же твои заливные луга

В пойме, где оттиск воды и зачитанный брод
Кровь моя, ищет тебя камышовый народ

Стать бы рекой ты могла, если б вырезать дно
Как вырезают в стене голубое окно

Как вырезают из горла фальшивую медь -
Кровь, что свернулась, что больше не учится петь

Как же не петь, как не славить свои берега?
…Кровь моя, где же твои заливные луга

1

Не паводок, чтоб выплеснуть весну
Ещё в запрудах тычет на луну
Вода — и вдруг уходит — входят сети
И прячутся, пока не смотрят дети
Им снится — ладит звонкий поводок
Гусляр Садко, дабы услышать мог
Любой ушастик чавканье чехони
Чехонь внесли и хлопнули в ладони
И вот она вступает в хоровод
Сквозь чешую, выдавливая мёд
И вертит, вертит невод рыбака
Под визг и плач вязального станка
…В такую ночь, в такие расстоянья
Когда с пути сбиваются желанья

2

Вот бы волка поймать
Вот бы волка понять

Мечут волки икру во глубокой земле
Где пророс изумруд и растаял алмаз
Где неведома сеть, и блестит на ветру
Избежавший крючка рыбий глаз

А потом за овраг уцепившись хвостом
Возвращаются стаей как велено им
Ибо должен быть враг
Ибо должен быть дом
Тот, в котором бояться двоим

Хочешь волка впустить? – он войдет и простит
Хочешь волка убить? – он войдет и простит
Убежать, не заметишь как рядом бежит

Вот бы волка простить!
Вот бы волка простить…

Что же ты, отойди от окна, я прошу
В этом свете сквозном
Чёрном свете земли
Ты похожа на облако с белым крылом
…Где тут *взяться* любви

***

Август плоды протыкает иглою
Август шагнет за твоею спиною
Тихо окликнет и рассмеется
Но никого, только воздух и солнце

Море – а было ли море, мой мальчик
Белое-черное, Черное-белое
Что ж ты молчишь? – ну,соври мне, как раньше
Страшно молчанье твое неумелое

Ибо все реки, ибо все горы
Все человеки и все разговоры
Лишь обещание света, который
Снова не узнан – пойман так скоро

-Помню ловили с тобою кузнечиков
В пойме реки отпускали кузнечиков
Их невесомых, волшебных и детских
Мы отпускали с иглой прямо в сердце

Жалость была ли? – Была, но внезапно
Снасть натянулась, и значит напрасно
Нас окликают – мы обернемся
…Но никого – только воздух и солнце

МИШУРА

1

Река внутри воды
Как яблоня в лесу

Вода - на дне реки –

Гуляла по мосту
На яблоках споткнулась
Что сыпались с корзин
Упала, захлебнулась
Пускает пузыри

Над ней чертог стеклянный,
В котором спит река
Ей снится обручальный
Дымок паровика

Хруст яблок, скрип причала
На ближней даче - свет

…Кого-то там встречали
Или махали вслед?

2

Бьющихся рыб осколки – всё мишура
Скол камышей и жалобный звон воды
Здесь у самой кромки Киева и Днепра
Всё мишура, говорю, ни о чём Сады

Разве что, говорю, Сады на весу
Их наряжают в яблоки к Рождеству
В белый налив на белом хрустящем ветру
…Вот я упал, вот сейчас покачусь по мосту

С Верхних Садов до Нижних Садов - смешно -
Всей мишуры - одна дождевая нить
…Дождь зарастает в реках сухим камышом
Тронешь камыш – и синяя пыль кружит

Тополиного пуха медлительный снег

На себя не похожий

Ни тебе снеговик

ни тебе человек —

Просто вымысел Божий

И от этого вымысла всё хорошо

Всё беспечней ненужность

Словно сердце в холодную воду вошло

И нырнуло поглубже

И на месте его — пустота

По краям передместья

Мост растёт на крови. У моста

Машет удочкой детство

Если влево кивок, то чехонь

Если вправо, то жерех

…Всё ты взрослая гладишь ладонь

Завоёванный берег

ОЛЕГ

1

Вода приводится в движение рекой
Река идет по лужам за водой
Несет на вытянутых – всё равно теряет

А этот берег –
согнутый, дрожащий
Как будто клюнул окунь настоящий -
Кого обманет

2

На Нижних Садах собирается дождь, и листва
Свернулась в шофары, трубит золотые слова –
Так, будто ни чисел, ни времени нет, и не будет уже
…И дождь произносится тихо - устами ежей

Веселые птицы на память слепили жильё
А грустные птицы уже не живут, не живут
Я думал, что время прошло, оказалось – пришло
…Так птицы - плывут

Так долго стоишь на пороге забытых вещей

Которые будут не скоро, но будут, когда
Горбатые школьники выйдут походкой ежей –
Их ранцы блестят, словно яблоки или листва.

3

В намокшем небе шерстяная птица
Летит всё ниже, но летит пока
А дождь идет, дождь как ребенок злится
Что он не птица и не облака

Что в чашечках коленных только влага
Что в сломанных плечах дрожит отвага
В двоящейся воде мелькает снег

…Летит под сердце белая ворона
…Горит на солнце желтая солома

- О чем ты злишься, Божий человек?

4

Чем ближе к поверхности сна
Тем быстролиственней лес
Охотничья тень дробится на мелкого зверя

По комнате возят коня
Пускает зайчиков бес
Волхвы улетают, держась за воздушного змея

А дева - прекрасна

И свет из окна – разливной

И летнее небо прозрачным обернуто снегом

Все боги искрятся, не тают, горят надо мной

…И князем Олегом

КОЛОДЕЦ

Вот чужеземец растёт на днепровской земле
Будто идёт чужеземец короткой водой
К самому, самому берегу, к здешней судьбе
Как бы текущих славян или как бы домой
…Словно вся жизнь от намоленной первой слезы
Что продолжает расти за щекою холма
Тянутся хворые, тянутся с верхней земли
— Хвори изыдут — останется мука сама —
Так говорит чужеземец, сквозной человек
Поговорит да походит и снова плывёт
Будто бы тайная рыба, берущая след
К тайному лазу, где Девица-щука живёт
Щуку хранят на весу золотые коты
Ждут чужеземца, подняв золотые хвосты
Яства дымятся, куражит на гуслях Садко…
Разве не это так долго придумывал ты
Чтобы проситься назад — далеко, высоко…
Всяк перевёрнут колодец, а ты и забыл
Будто нездешний глядишь далеко, высоко —
Звонница это, и колокол вымыт водой
…Тот, кто ведро обронил, тот ведро обронил
Слушает звон и не смеет вернуться домой

СУША

В этой реке невысокой на вид

Два или три этажа без подвальных

Слышишь, звенит колокольчик трамвайный

Слышишь, уже не звенит, не звенит

Сколько *же* вечности этой на вид

Как посмотреть, если с лодки, то много

Светишь фонариком — длится дорога

Путают вёсла сигнальную нить

Если с моста осторожно, слегка

Только взглянуть, так чтоб капля зрачка

Не соскользнула в своё отраженье

Видишь — себя повторяет движенье

Круг на воде продолжает кружить

Может быть рыба? Всё может быть…

1

Как на холмах на Вознесенском спуске
Сносили дом к реке. Легко и пусто
И в доме и на улице. Лишь те
Легчайших старика, свой дом легчайший
Всю пустоту, весь свет вперёд смотрящий
Несли на вытянутых к мартовской воде

— Вода, вода, ты разломила лёд
Как чёрствый хлеб. Прими же свой народ —
Полгода в реках — обернёмся речью

Темна в горсти, зато в кости светла
Надломышем легчайшего стекла

…Не будет легче

2

Как суша быстротечна, как спешит
Меняться, приспосабливаться, жить
Как делит жажду на свою-чужую

Сплывает холм, за ним тончит другой
Туда, где рек вселенский водопой
И кончик лужи

3

И было чудо — превратились в воду
И ты, и я, и тёмные народы
И сгусток дерева, и хор над головой,
И церковь, будто всадник цирковой —
Как белый свет на голове стоит
…Как белый снег, вот только глаз темнит

Где снасти взять по замыслу такие? —
Весёлые, воздушные, простые

*

— Пусть замысел не ясен нам, посмотрим
Сквозь замысел, сквозь тонущую просинь
Посмотрим так, как до́лжно посмотреть,

Когда не форма взгляда — только зренье
И белое, и чёрное теченье
Как рыбий глаз — насквозь проходят сеть

*

Зелёное — по краю с желтизной,
Где вкривь и вкось серебряные тени —
Подворье перед Лаврскою стеной
— Нет, не река, а жидкое растенье

…Подворье перед Лаврскою стеной

— Идёт чехонь — весна приходит в Киев
И как флажком — Матвеевским заливом
Помахивает влажно за спиной

***

В полночь река через реку пойдёт по мосту
Будет их двое: одна под мостом и одна на весу

Дважды река, говорю, но лови в камышах
Если вода, то вода, остальное — душа

Кто я, чтоб душу ловить, лучше воду ловить
Воду поймать — всё равно что себя отпустить

— Здесь, на повторах воды, так и нет никого
А на повторе реки вижу сразу двоих:
Верхний из плоти и крови — похож, да не тот,
Кто целиком из воды или старший из них

...Или не так: это будто идут вдалеке
Баржи, гружённые баржами — всё налегке
Я и не звал, говорю, что ведомы не мной —
Это вода полыхнула за левой стеной

Шумная нынче вода у меня в голове
А на реке тишина — всё круги по воде
Вот бы еще догадаться, что в круге любом
Зверь или птица, сплывая, молчат о своём

...Не перевёрнутый бок, не слюнявая шерсть —
Что-то другое — достоинство, может быть, честь

— Кто я, чтоб душу ловить? лучше воду ловить
Воду поймать — всё равно что себя отпустить

ЗЕРКАЛО

Черный барашек грозы испугался
Бегал и блеял. Пастух рассмеялся
Черный барашек стал белым и смелым
В небе остался

1

Где медлит невод и мелеет омут
Полночный карп как зеркало расколот
Червлённый путь надрезав плавником
От берега до берега — вдвоём
Взамен единства — противостоянье
Воды надорванной по мокрому лучу
Воды надломленной на сгибе замерзанья
…Вода двоится, заслонив свечу
Карп неподвижен, берег неподвижен
И дом окном закрывшийся недвѝжим
И недвижѝмы слёзы за окном
… Ни рыбака ни облака… Над нами
Заплещет утро и пойдёт кругами —
Тогда воды зеленоватый шар
Встаёт над озером и озеро пустое
Открыто и доступно всем — гляди
Как жизнь пускает к солнцу пузыри
Пузырь растёт и лопается вскоре
…На вымостки поднявшееся море
Засветится окошком изнутри

2

Этих лиственниц медленный темп
Этот долгий, протяжный и зыбкий
Парохода прошедшего день
По серебряной нитке

Или так: на виду, на весу
Перевёрнутый вверх по теченью...
Будто овцы в дремучем лесу —
Этот день, преломляющий хлеб
Сам не ест, чтоб отдать половину

...Не дожили, но жили, мой друг
Так что выточил, вытончил спину
Близкий ветер от машущих рук

Или так: воздух пахнет овчиной
Кровь своя открывает на стук

3

И медлит невод и мелеет омут
Полночный карп как зеркало расколот

Но присмотрись — и сами потекут
Цвета и звуки, подчиняясь форме
Сосуда *лёгкого*, что берегом зовут
Что не сумел бы надышаться морем

Иначе длится пресноводный срок
От паводка до паводка — лениво
На выдохе, подхватывая вдох
Распустит жабры по теченью ива

Так и живём, как будто на весу
Как всякий плод стареющего сада
Не овцы, говорящие в лесу
Но овцы, что спустились за ограду

… Но омут, что, как *водится* — над нами
Червлёнными сыграет плавниками
Разматывая солнце в пустоту…

ПОЖАР

1

По рукам реки
Пробегает дрожь
Рукава реки
Зачерпнули дождь

Зачерпнули сад
И в саду теперь
Пьяный виноград
Вольная форель

По теченью вниз
По теченью вверх
Виноградных слез
Непочатый смех

2

Не зеленее ветер в твоем лесу
Но зеленее воздух, сохнущий на весу
Капля за каплей… Скоро начнется ручей
Краски зеленой – даром, что краски ничьей

Ибо по смыслу – ручей, возникающий вдруг
Здесь на вершине холма, где искрит сухостой
Если не чудо, то кем образуется звук
Влажный от крика и боли – самый простой

Просишь – зеленое с красным не нужно мешать
Пусть остаются как есть навсегда, навсегда
…Но отделяется участи малая часть
Красно-зеленого дыма – вода, вода

***

А.

Как Малевича празднуют нынче
Два квадрата на фоне кирпичном
Оба чёрные, правый светлей
Будто облик её, будто облак
Или близкая память о ней
Заоконный раздвинули морок
Дважды чёрный — не нужно светлей

Это парная рифма как верша
Вещь в себе, это рыбья скворешня
Вот окошко и кошка внутри
…Там в воде образуется полость
Воздух крепит икринки на плоскость
И скользят по стеклу пузыри

Или так: это живопись, всё же
Это жидкая птица под кожей
Мажет перьями, как бы летит

Или так: дом не спит, дует в трубы
Дом над озером плачущим, трудным —
Ночью в озере щука кричит:
— Ой, вей, голос зарезали в жабрах
— Ой, вей, в глотку засунули жабу

…А в окне всё дрожит занавеска
Женский облак дождит и отвесно
Свет на тяге печной как на дрóжжах
Жил, покуда до солнца не дóжил

Щучьим горлом спускается к солнцу крючок
Мокнет в розовой слизи
И любимая спит, обернув серебрящийся бок
Не укрытая снизу

…Или так: два окна на весу, запах краски повсюду
Ожидание счастья? Ну что ты — единственно чуда

А РЫБА СОРВАЛАСЬ

1

Дождь в головах, что облако
В озере, видишь, облако
В небе прошло – не ищи

Дети у края воды
Удочки их разноцветные,
Словно карандаши

Вот в полосатой накидке окунь
Вот молодой карась
Конфеты съел
А золотую обертку скомкал

-Там за оградой, там
На тонких ножках вода -
Стоят все мои озера
Высокие, хороши

…Дети у края воды
Удочки их – разноцветные
Словно карандаши

2

Деревья пьют воду как дети

Большими глотками, холодными

Словно река на рассвете

Пьёт воду – по руслу вода поднимается в Киев

Всё выше и выше

Река поднимается следом, и птица ночная

За реку крылом зацепилась

                    и плачет, и хнычет:

-Прости, я нечаянно,

Нечайно, нечайно…

Иду, зацепившись за реку. Рыбацкие лодки

Кружат надо мною, и вдруг - улетают к заливу

- Там Киев, там Киев!

…А рыба сорвалась. Как леска – дорога порвётся

И сразу же – Киев

ДНИ

1

Перегорела лампочка в саду
Искрила долго, а погасла быстро
И дождь как прежде – тёмный и густой

Как дерево цепляется за листья
И на лету становится листвой
Неужто мы вернулись за собой
…Светили мало и сгорели быстро

2

Мне понятна дождя путеводная дрожь
И понятна вода, превращённая в дождь
И река, обращённая в дальнее поле

Что за баржа приходит по старой реке
Что за старая баржа на старом шнурке
Догниёт на приколе

…Будто солнце внутри грозовых облаков…

И гроза не начавшись
Лишь края опалила речных рукавов
Погремела на счастье

Спляшет поздняя жизнь, сплачет навеселе
Допивая за други
…Как дорога по воду – круги на воде
Как судьба – на досуге

3

Дней прошедших не лучше, зато и не хуже, поверь,
Хоть бы вместе считать наши дни или порознь
…Вдоль окраины неба бежит перепуганный зверь
И кусается больно

Как по осени вымолвишь: В реках темно от воды
Отраженья деревьев и птиц неглубоки, летучи
…Зацепившись за небо в садах догнивают плоды
И не то, чтобы сорванных хуже, но жаль, что не лучше

УРОЖАЙ

Как на Нижних Садах заплескал серебристый карась
Не карась золотой – серебристый – а гонор, а прыть

Потемнела река, зашептались: Река на сносях
Не идет в берегах, да и поздно ей в реках ходить

Всё младенец под сердцем – шевелится, просит воды
А откуда ей взяться, скажи – всей воде вышел срок

Это белый налив до краев, это мокнут сады
Это облак серебряный, будто карась или Бог

Вот он правит вдоль берега, вот замелькал в камышах
Где урчащие сны о речных камышовых мышах
А присмотришься – нет никого, разве что вдалеке

Чуть на Верхних стемнело, темнеет на Нижних Садах
Там – рождает река,
…Там уходит вода налегке

1

Карабкался по озеру всё выше
И озеро качалось надо мной
Нет, не водой, но камышовой крышей
Где за конька был окунь слюдяной

Свисали ивы, зá руку тянули
На самый берег – чур, не обернись
В счастливом детстве, в месяце июле
Проплыл туда-обратно, вместе – жизнь

И в этом описательном наиве
Когда на дачах белого налива
И хруст, и запах, за столом семья
Я вижу не себя, не чей-то оттиск
Не звук я слышу, что ступал по воску

…Но что-то вижу, что-то слышу я

2

Яблоки, груши, сливы –
Я знаю, зачем вас так много
На Нижних и Верхних Садах
нынче летом
Не от ловкости, жадности
Или любви
к этой земле
садоводов

Нет,
Вы подобны камням,
Что сорока в кувшин набросала
Чтоб вытеснить воду
Поднять на глоток
До иссохшего клюва
– Вот и вы
Вытесняете воздух, плоды
…Поднимается воздух, уходит на самое небо

на самое дальнее небо

…Яблоки, груши, сливы
Крыжовник, малина –
На Верхних и Нижних Садах,
Где сидят за столами счастливые люди
В тех позах,
В каких их застал
урожай

3

…Река плодоносит
Вот яблоки белый налив
Став лунной дорогой, как будто бы лунной, но это
Лишь круглые яблоки, свет меж собой разделив
Блестят до скончанья реки
В мои долгие лета

***

Зубов молочных щёлканье в саду -
Поспел орех, отшелушилась зелень
Сосредоточенное детство за столом
Отбрасывает маленькие тени

Карась ушёл, в озёрах – темнота
И Водяной, не прячась, пьет с хвоста
На посошок. Я тоже не в обиде

В садах я был, орехи разгрызал
И озеро на пристани встречал
Смотрел, как видел:

На Нижних – низко, Верхние Сады
Немного выше, но и там воды
Лишь на орех. Желтеющая зелень
Как разговоры взрослых – ни о чём

…Сосредоточенное детство за столом
Отбрасывает маленькие тени

СЧИТАЛКА

Мы солнечный хворост сложили в углу
Мы — солнечный хворост, что спит на полу

— Послушай — я слушаю — Нет, ты послушай
Внутри тишины громко хлопают уши
Как будто бы крылья летучих мышей
Как будто бы мыши, надевшие крылья
Обычные мыши, обычные крылья
Что сделать легко из обычных вещей
…Что сделать легко из летучих мышей

Слоняется окнами темный огонь
Рука истончается — шире ладонь
Которая, разве что, может тянуться
И тянется кожа, и пальцы легки
И пальцы взлетают, как птица с руки
…Не верь, что вернутся

— Закончилось «мы», начинается «я»
О чём ты живешь, в чём радость твоя?
О чём ты? — как спросят о книге —
О чём эта книга, о чём твоя жизнь
От вещего дара до сдвига отчизн
В крысиную яму
…В несчастную яму

— Как если б летание легких мышей
И солнечный хворост людей и вещей
Всему — оправданье.

1

В окнах темно, а я скажу: Нет
В окнах горит ярко-чёрный свет
Нить вольфрама черным-черна
Чёрный свет летит из окна

…Чёрным по белому жалуется имярек
Чёрные пятна на солнце делают свет слабее
Тихо проходят реки, рыба давно человек
Так что рыбак снасть натянуть робеет

Это как будто водоросль вынули из воды
Или живец, угодивший в родную воду
— Чур, меня, — говорит, но выдают следы
Света на чешуе живцовой породы

…Колокольчик звякнет и замолчит
Снова звякнет — стальная нить побежит
Бесконечная на поверку

Словно ночь — ты не спишь, и никто не спит
Чёрный свет в окне так ярко горит

…Переходит живец свою реку

2

В четырёх углах сна
Сидят терпеливые волки
Перед каждым —хвост малосольной селёдки
В центре сна человек и его рыба -
Фигура счастья или ожиданье прилива

Если человек не проснётся
То вместе с рыбой улетит на солнце
А проснётся — нет никакой беды
Из рыбы наделает много еды

И тогда я подумал: Вот,
Человек — это самый счастливый народ
А старость, что ж, приходит в полдень —
Стоишь себе прямо — Богу угоден

3

Всю ночь по Днепру уходила чехонь
В далёкое царство, в чужую ладонь

Как сны проносилась, как белые стрелы
И отсвет её на тяжёлых холмах
На долю мгновенья окрашивал мелом
Дома и деревья. Казалось, в крестах
Весь город — Крещатик, Подол, передместья —
Отмечен, как взят под защиту от мести

…И запах чехони висел на мостах

— Спаси, сохрани, этот город несчастный!
— Спаси, сохрани, этот город великий, —
Гудела вода, налегая на снасти
Так жизнь уходила — навеки, навіки

…А мне снился Киев. А мне снилось счастье
Покуда по стенам, как будто прощаясь
Какие-то буквы, какие-то лики —
Летели чехони тревожные блики

…Весна начиналась

ГОЛУБИ

Александре

1

Дождь скачет на одной воде
Поджав другую

Так голубь на одной ноге
Вдруг промахнулся

Его собратья дождь клюют
Подробно, точно

А он по кругу, на лету
Свой хлебный грошик
Схватил и сапожок купил

На все - обулся

2

Дожить до Киева, до улицы своей
Дождаться первого с Контрактовой трамвая
И долго-долго ехать за Днепром
Не обгоняя

Пусть даже колея прервется – жизнь
Сама себя продолжит. Из отчизн
Есть только та, что Киевом – живая

А здесь довольно шкурок перьевых
Тех вещих форм, что родом из простых
Что на Контрактовой со мною ждут трамвая

КРЕЩАТИК

(в старину место княжьей охоты)

1

Там, говорю, там за горькой сливой
Поднимаются сады Щуки Милостивой

Жаркие сады на стальном поводке
На худом позвонке
Вот они
Вот они
Во земные дни
Идут по реке

Сладкоягодные, девам угодные,
Водяные лилии чаши несущие,
Или еще какие – наядовые, невесомые
Или еще какие – невидимые, здесь и сейчас
живущие

Там, там за горькой сливой
Слева Киев и справа Киев

На холмах механизмы гудят колокольные
Ручейки внутри холмов голубые и чёрные-чёрные
В чёрных – рыбы прозрачные
В головах у рыб рыбаки, что колпаки с колокольцами
А в голубых ручьях Водяные с кольцами

Бросят кольцо – ходит круг по воде
Бросят два – вот и велосипед

Сам везёт, сам звенит, говорю
И вода говорлива:
Влево Киев и вправо - Киев

2

- Вот ерик, - ты молвил. – Устойчивость рек

Или так: водяные качели

На плечах твоих человек

По краям катера садятся на мели

Застывают. Как будто.

Или как будто идут по реке

Продавцы, приносящие воду и спелую рыбу

И гроші, гроші

Чтоб мы могли всё это купить

Всё это оставить себе навсегда

А ты говоришь:

Все отраженные окна и двери

Домашние звери,

Уснувшие в комнатах. Все

Холмы, на которых по церкви,

По велосипеду

Что едет то в гору, то вниз

По узкому следу

Шипящих на солнце отчизн

А ты говоришь:

«Вот ерик, связующий два водоёма»…

- Побойся Истока –

Вода выбегает из княжьего леса

Под свисты и хохот.

Остановилась.

       Стоит одиноко

■ ■ ■

СЛОВО О ПОЛКУ

И Слово было жанром, а не жалом
Когда в божнице облако дрожало
"Боян бо вещий…" — вывела рука
Из темноты зарёванную строчку
О, если б знать тогда, наверняка
Всю правду накануне многоточья…
Чем утешались, выдумкой какой?
На древнерусских письменах измена
Вот клякса, что проходят по колено
Ночные всадники, ведомые рукой.
Рука дрожит, всё тяжелей страница
Но, облако, не покидай божницу!
(… Ночные всадники, ведомые рукой…)
И Слово будет жанром, а не жалом!
(… Чем утешались, выдумкой какой…)
Утешит нас, чем прежде утешало.

Часть 2

Полночь... Банальнее нет начала
Обыкновеннее нет причала
Лодки наклон и кивок весла
Водят по ниточке баржу с грузом:
Липким углём, раскалённым арбузом
В лодке то лодочник, то вода
Остановиться... Остаться... Жить
Остановиться, остаться, выжить
Берег един, как церковная известь
Не завоёван, неразделим
Снасти опущены...

На теченьи
Слышно чехони тугое тренье
Слышно, как движется не спеша
перебирая тростник губами
То ли утопленник, то ли душа
С длиннными, как у сома усами

КУПЕЛЬ

А. Воробьеву

Кто прячет в сумки серебро чехони

Не ищет встречи

– Вот дерево – высокое и злое

– А вот, как будто облако – простое

Два дерева сравнивший – их сравнял –

Два пня похожи как родные братья

Как всадники, когда без головы

Как все невесты, если в белых платьях

И только вдовы издали видны

…На пнях сидят, взобравшись на холмы

– Всему – купель Днепра – и день и ночь

Вычерпывают веслами младенца

Влюбленные, что взяли напрокат

Большие лодки. Вспоминаю – я –

Мне пять всего, я – сердцевина сердца

Я – кровь своя, я – мальчик-самокат

А дождь такой, а свет такой, а ветер

Деревьев, что доносятся сюда

На гнущихся перед собою ветках

*

– Послушай – над каждым из нас навсегда

над каждым из нас, говорю – навсегда

Горит в невесомости та же вода,

В которую нас окунали когда-то

И оттиск остался на ней меловой

И слезы и крик в той воде межевой

И кровь, что свернулась в углу аккуратно

Оставив нам место вернуться обратно
...Как если б не след возвращает, но стыд
– Послушай, в каком это сердце звенит
Весь черный, весь красный – как Днепр звенит,
Послушай

*

Из двух ты выбрал отраженный лес
Так преданно, что верхний лес исчез
Сказавшись пустотой, внутри которой
Стоял костер на вытянутых ветках
Ни рыбака, ни облака... И вскоре
Лишь искра малая, как ближняя планета
То гасла, то зачем-то разгоралась
И в озере ночном не отражалась
А ты глядел, как жидкие деревья
В зеленую мешались кутерьму
Как верхние и нижние растенья
За руки взявшись, прыгали по дну
В недвижном озере чуть приподняв волну
...А думалось – по щучьему веленью
Всё было так, как только быть должно
Так отраженным видится окно
Что сразу загорается под верхним
Окном, в котором тот же самый свет
И если даже человека нет
Появится – кто отражен – бессмертен

*

– Послушай, всякой воде достается ее человек
Тот, кто забудет имя свое
Или не так: Имя свое забудет
Это вначале жажда, смерти недолгий век

Будто бы огонек полыньи
В самом дальнем углу остывающей Сулы
Или Днепра. Окликается имярек –
Входят и долго, долго идут безымянные люди.
*

– Я был – рыбак. Я видел сто чудес

Допустим, в озере качающийся лес

Вкруг озера дома, дома без толку

Их каменный, неодолимый вес…

И озеро, хранящее ребенка

Так улица спускается к воде

И как-то сразу падает и тонет

Один фонарь из белой глубины

Пол ночи светит – лунная дорога –

…Идет чехонь по улице моей

***

Подшёрсток реки золотой, а на ощупь — вода

Не зверь и не птица, с чехонью приходит сюда
Меж двух берегов, зацепившись за третий причал
Где церковь Николки сплывает по ходу прочан

Ты — Днепр, ты — вечнозелёная жалоба мне
Не оттиск на глине — вживую играешь на дне:
Младенец к младенцу — по крови — одно молоко
…Всё хнычут, зовут… А над ними и нет никого

Так небо на птичьих кругах, где Николка тонул
Уже успокоилось, только растёт в глубину

…Лишь полночь – прочане усами гребут по воде
И лодка как церковь сплывает *сама по себе*

СТЕКЛОДУВ

1

 Воды бродячее стекло
Качает лодку стеклодува
А он забыл про ремесло
… И я забыл про стеклодува
Кому ещё так повезло
На вымостках стоять и видеть
Всю видимость — и сушь и сырость
Весь вымысел — себе назло
Воды разбитое стекло
… На вымостках стоять и видеть —
Оттенки, тайники, приметы
Мальков тревожные полёты
И слышать не тебе советы
И верить — не твои заботы
Так рыбе, взятой под стекло
Приносят воздух в птичьем клюве
… И что ни выдох — ремесло
Трубит о спящем стеклодуве

2

Спал под молочной звездой и смеялся во сне
Снилось — растёт молоко, как цветок на окне

А за окном тополиной охоты рожок
Белого пуха июньский, неталый снежок
Смотришь и видишь, не видишь — глядишь всё равно
Как наливается звоном пустое окно

Это тебе двухколёсное детство звонит

Сердца не чует — всего-то коленкой болит

Снова глядишь и не видишь — глядишь всё равно

Как через край перелившись, разбилось окно —

Это забота твоя, запрокинув лицо

Пить, чтоб ни вдоха ни выдоха заподлицо

…Мелко вода пробегает и молоко

Перебежало смеясь далеко, высоко

Так, что и сон в рукаве, и дождь под стеклом

Мокрым снаружи, сухим изнутри сквозняком

Тычутся в руку, покуда течёт на весу

Детская комната окнами на полосу

Шитую ниткой зелёной на голубом

Так чтобы сон в рукаве, молоко перед сном

…А за окном — тополиной охоты рожок

Белого пуха июньский, неталый снежок

РЫБА ЛОНЬ,

что живет под яблоней

Ночью после грозы время рыбачить - сад
Только что из воды. Две стрекозы
Каплей дождя вниз головой висят
Маленькими шагами жуки по воде идут

Гнётся вода, растянувшись на млечный ход
Где землемер водомером становится, труд
Яблоки над головой загадать – забот
Много, а будет больше – июнь, июнь

Завязь уже завязана и легка
Первая снасть под яблоню. Рыба Лонь
Что отраженное яблоко – так же светла
Так же кругла и смертна со всех сторон

Лонь нерестится в саду, покуда цветут
Яблони, покуда на дачах поют
Первые сквозняки мышь разбудив в сенях
Окна и двери распахнуты, а в корнях

Влажен плавник, покачнулся плавник, но жди
Будет поклёвка – яблоки упадут

Снасти закинуты… Сад только что из воды
…Маленькими шагами жуки по воде идут

КОЛЫБЕЛЬНАЯ

1

Дождь идёт

Как волк идёт

Дождь пройдёт

А волк – сухой

Ни хороший

Ни плохой –

Снег идёт

Будто в парке Богомольца

Из бумаги два оконца

Там играет музыка

Мамочка сутулится

2

Спит водяная мышь в середине реки

Сверху стремнина, снизу –

речные скрипят позвонки

В комнате тихо, тепло и сухо, ни сквозняка

Дождь идёт за окном или это река

Переступает с плавника на плавник

С плавника на плавник

…Спит водяная мышь, ровно горит ночник

Спит камышовый кот над самой водой

Снится: он молод, он к мыши едет щучьей тропой

В ярких обёртках подарки

Ярких цветов букет

Вот подкатил, и что же? —

Мыши, как водится, нет

Ставит рыбак на дорожку,

Снасть за луну зацепив

 - Всё понарошку,

Спи

КУКАРЕКУ

Я детство уподобил сквозняку
Что дверью хлопает и прячется за двери
Прислушайся, своё кукареку —
Нет, ты послушай, как звучит теперь:
Фальшиво, скажешь? Всё же голос — громкий —
Поёт петух из глубины похлёбки
И сразу выдох, сдавленный в горсти
Ребёнка, что почти сбежал из дома
С короткой удочкой — окликнут с полпути
До озера — шагает обречённо

…Среди гостей неловок, несмышлён
Вращает ложкой неживой бульон
И кто кого вращает? — гребешок
Прокипячённый — варево расчешет
До дна, где нарисован петушок
Во красных сапогах про утро брешет

…Смеркается… До озера вся жизнь
Авось дойдёшь, а нынче спать ложись
Сперва приснится — тонет поплавок;
Над озером, захлёбываясь смехом
Звенит тарелочный апостол Петушок
И снова мальчик, скрипнув табуретом
Перед гостями вытоптал стишок
Как наяву, но радуясь при этом

…Ты слишком юн, чтоб разгадать к чему
Все эти сны, идущие ко дну

— На мотыля берут перед рассветом

****

В быстром небе стоят разноцветные птицы
В ожиданье почтового облака. Птицы
С чемоданами, сумками, есть налегке -
Только сменные крылья, да сон в рукаве

Едет ветхое облако, с виду простое
А внутри электричества красная кнопка
И тончайшие трубки с прохладной водою
И легчайшее солнце в стеклянной обёртке

В пассажирском отсеке днепровские чайки
А в почтовом — письмо голубиное длится
Кропотливо, как пишется в школьных тетрадках
На поля не ступая, с поклоном столице

Едет, едет гроза: много молний тяжелых
Много светлой воды и в ее переливах
Все холмы, как на марках – старинных, почтовых
– Здравствуй, Киев!

ПЛОТОВОДЕЦ

Внутри Днепра есть улица Сухая
(как ветка ломкая) и кажется — пустая
Где человеческих людей ты не ищи

— Но человеческие звери тоже люди
Они глядят, они галдят и судят
Друг друга по зеркальности души

Однодеревки-лодки плодоносят
Вдоль улицы. В учанах воду носят
Младенцы, а над ними, на весу
То катера идут с выпускниками
То вдруг мосты стоят под парусами
…Как будто мышь в строительном лесу

— Нет, нет, не спрашивай — кто отражен? — там слышат —
Всяк отражен, зато никто не лишний
…Младенцы Днепр бережно несут

1

Как в начале воды только черные лица плотов
И не люди, но сами деревья связали себя
Вот прямая Днепра, вот короткие волны холмов
Вот бутылки церквей, что собрали со всех островов
Так что в каждой послание: «Здесь я, спасите меня»

— Но, послушай, на небе живет голубая трава
И прозрачные люди прозрачную ловят чехонь
Вот поймают ее, вот нарежут ее на слова
И как будто читают, на мокрую глядя ладонь

Или так: будет дождь, и сплывут без дороги плоты
Над церковною тарой, над белой и черной рекой
… Как с Рыбальского острова гнут на Труханов мосты
И сидит у воды человек — никакой, никакой

2

Сколько за лето прошло облаков по реке
Так что река стала белой и твердой, как Бог вдалеке
— Зря что ли воду носил в жестяных облаках
Вниз головой нынче небо, рыбак в головах

— Шел плотоводец по небу на белых плотах
Видит, снуют человеки пугливым мальком
Вот и давай их носить и качать на руках
Вот и зажили всем миром светло и легко

— Что же тогда столько боли, заботы, беды? —
Спросишь меня, я отвечу: О том и печаль —
Шел плотоводец по небу до верхней воды
Мало осталось идти, да оставшихся жаль

ГЛИНА

Пресными реками шли корабли
Груженные солью
Пресное море встает на пути
Ничейное море

То ли был с севера ветер
Или гора опрокинулась в море -
Горе-учаны споткнулись о волны
Просыпались солью

Каменой, чёрной, немытой
Просыпались солью
Было Ничейное море
А стало быть – Чёрное море

Море Учанов, по смыслу,
по звуку –
Нечаянно сталось
Не корабли, говорю,
Просто соль потерялась

1

Август, что ли? Искрят и гудят невода
Спотыкаются лодки, весла цепляют тину
А вдоль берега глина, вода, и солома
Кажутся, навсегда. Не вода и солома -
Первой сломается глина

Бесхребетное счастье, жилище без позвонков
Но зато эти плоские рыбы, зато эти рыбы пивные
И рыбак-человек на краю деревянных мостков
Неподвижнее глины

Или так: нет ни хат, ни гончарных печей
И река наконец-то пребудет ничьей
От болот до Ничейного моря

- Что же дальше, кто оттиск оставит в воде
Чьи, спрошу, невода. Или рыбы в гнезде
Тишину переспорят?

2

Мне нравятся простые города
Бессмысленные, даром расписные
Как будто воду ловят невода
И сохнут рыбы плоские, пивные

Где реки только пó слуху слывут
Речь об утопленнике разом переполнит
Сухое русло. Дно топтавший тут -
Вернется в омут

Вдоль берега две хаты и причал
И в подстаканнике узорном, словно чай
Стоит церквушка темная, густая

…Как небо, что под вечер сбилось в стаю
…Как слух о человеке, что пропал

3

Эта сухость стоячей воды

Чередуются дни, словно весла,

Гребут; но как прежде

Прошлогоднего солнца

По краям розовеют следы

Мы всё там же, где были

И наши надежды

С нами –

Ветхие наши надежды

Но если их взять – отряхнуть

Чуть подкрасить, поставить заплаты

То станет уместным

Разговор о реке,

По которой под парусом рыбы идут

 И восходит окно над построенным лесом

Как по тёмному небу течет голубая вода

А на Нижних ни капли

      и Верхние сохнут Сады

Перевернуты лодки на зиму … Кружится моя голова

У замёрзшего голубя в клюве –

       круги от воды

***

А озеро кому мешало
Оно на воду не дышало
Оно боялось темноты

Мир отражённый до утра внутри
Ночного озера — пускает пузыри
Вниз головой нелепо перевесясь
К поверхности, как будто ждёт известий
И вправду ждёт намека, пустяка
Не ветра, а всего лишь сквозняка
Не дерева — откуда быть деревьям
Когда деревья с первой темнотой
Ушли в леса под листьев песнопенье
Оставив за собою сухостой

…Ни дерева — откуда быть деревьям
Как если бы, сказавшись неживым
Коротким эхом, призвуком, чужим
Сказавшись,

   ибо всюду только *явность*:
И свет, и тень, и отраженья их
И соразмерность образов двойных
Их нераздельность, будто сопричастность —

Хранишь себя к отпущенному дню…
Так озеро, ушедшее ко дну
Дна не найдет – лишь потемнела с краю
Зеленых щук пугливая трава
Как жизнь моя – ничейная, живая
…Как в поле – одинокая вода

ЧЕХОВ

В.М.

Сперва окунись, там где будешь ловить окуней,

Став частью реки, хоть бы частью ненужной, напрасной

Вот лось отражённый качнул плавниками на дне

Лосось — догадаешься ты, — обманувшая Каспий

Гроза будет в полдень, а нынче кратчайшим путем —

Прямым, под линейку проложенным, будто бы к сроку

Ты здесь очутился при удочке и с врачом

Что каплю дождя

может выжать

из пальца

иголки

(Гроза будет в полдень, гроза будет в полдень – потом)

… Разводит руками: Что молния – сам рассуди:

Уходит, ушла — и не быстрым, но *токмо* возможным

Единственно верным путём, на котором следы

Сгорают, покуда неведом единственно ложный

(Уходит… Ушла… Вот и всё о чём спрашивал ты)

… А лось нерестится и белые кольца воды

Качнутся и снова замрут на ветвях отражённых

ЛОДКА

Пойдешь по реке, и гремящий мотор

Оставит речную молву за бортом

О чём говорила река, я не знаю

…Я форму воды вспоминаю

Мне важно понять - *что* причиной воды

Вот Киев, вот солнечных пятен следы

Короткие тени и длинные тени

Не так ли - под сердцем реки, в глубине

Весёлая рыба, как будто в окне

Весёлое пенье

Вода - от зеркального карпа, как свет

Имеет источником солнце - ответ

Отпущен в зеркальную воду

В воде отражается птица, теперь

Ты знаешь: всяк птица – возвышенный зверь

Что делает воздух

От Верхних и Нижних Садов по мосту
Речная молва перешла высоту
На берег выходит, бежит по ступеням

И сразу - под сердцем реки, в глубине
Весёлая рыба, как будто в окне
Весёлое пенье

КАРТИНА

Пароходы на трубе играли
На трубе играли пассажиры
Пар ходил, ходили генацвале
Натянув кудрявые мундиры

В этом царстве Пиросманишвили
На руках стоять, в росе по локоть
Ибо краски не умеют сохнуть
Ибо платят те, кто заплатили

— Не продажных женщин эти песни
Густо пьяных женщин эти песни
— Эти песни дышат перед горном
Раздувают перед смертью горы

Пароходы, как матчиш без фальши
Не звучит — звучит овечье пенье
В лад ему над озером скользящий
Профиль птицы с чёрным опереньем

Чья ты птица, на кого похожа?
Кто отец и мать? — всё остальное
Может быть, — скажу, скажу: Быть может…
Миска… суп… Не отведи земное

КОРАБЛИК

*Винтовые лестницы вольфрама, куда ведёте, где
ваше небо — синее, чёрное, может быть, красное
— где оно ваше, где оно?*

…Выросло дерево посередине озера
С листьями белыми
Зашевелилось без ветра, без пламени
И отнесло его в сторону

Влево ли вправо ли
Долго ли, коротко ль
Нет больше озера
Озера высокого, дерева белого

Но ветер?… Откуда ветер
И пламень без дыма и пороха
И музыка такая, как будто пришли
Все музыканты мира
На самые маленькие
Никому не известных
Дяди Лазаря и тёти Фиры
Похороны

1

Хрустело море голубым песком
Кораблик шел по морю босиком
В Юрзуф-страну. Так начиналось лето

Так волны с непривычки жмут в плечах
И глина до полно́чи горяча
Избытком света

- Кому случится в море утонуть
Увидит Киев, сядет у дороги

…Дорога, оказалось, тот же путь
Длинней немного

2

– Поехали кататься на Днепре
Как будто с горки
На лодках, что пылились в декабре
На вымостках – на дальней книжной полке
Мы прочитали всё, что прочитал
До нас читатель… Но весна… Причал…
– Не так ли мы катались на Днепре
Не по Днепру, скажу, а *на Днепре*
…На божьей холке

3

Я помню спорили – о чем, кого спросить
Чтоб вновь поспорить и себя простить

-- Что дом не дом – в строительных лесах
Он смотрит зверем, прячется в кустах
Он юн и сам себя не разумеет
Растет как на дрожжах, но не взрослеет

Здесь будут жить, здесь будет -- жизнь и смерть
Здесь, выбравшись на крышу подсмотреть
Какой-нибудь закат, остались двое

Покуда Днепр на одном весле
Хотел пройти пороги и во сне
Увидел море

-- В окне коты, цветы и человек
И за окном – коты, цветы…, привыкнув
И не заметишь – человека нет
Ни там ни здесь, но ждешь, когда окликнут

…Как вырос дом и, кажется, теперь
Он больше замысла - полуоткрыта дверь
Полузакрыта дверь – о чем я спорил?

Покуда Днепр на одном весле
Прошел пороги и на самом дне
Увидел море

4

…Хрустело море голубым песком
Кораблик шел по морю босиком

ИКРА

Сквозного вечера пустые коридоры
До самой речи
Кто прячет в сумки серебро чехони
Не ищет встречи

Последних птиц осенние трамваи
Звонки и звоны
Как если бы мы выдумали сами
Звонки и звоны

Сосновых улиц желтые скамейки
Зверей забытых, людей веселых
Как если бы ничто не пережито

Как если бы, где тонко, значит мелко
И дно открыто
для новоселов

ПРИТВОР

1

Вода приходит с певчими, на хорах
Всё громче кваканье – до крайнего притвора
Где рыбаки-язычники впотьмах
Стоят недвижно на речных мостках

Чехонь возможна… Но кого в предтечи
Отпустит Днепр? – нынче только мелочь -
Бессмысленная пляска поплавка
…Блестят лягушки, квакает река

2

Чёрный камень Днепра
Омывается берегом. В плавнях
Так стремительно жидкие рыбы стоят
Словно вылиты в камень

На стеклянной ноге дождевая тончится порода
- Киев, Киев, куда ты приплыл на холме -
Что за город?

3

Вот, представь себе – мастер задумал какое-то диво
Из железок и прочего хлама, чтоб вышло красиво

Легкий крестик на тонкой опоре невидимой люду

Белый облак внезапный по кругу, чтоб молвилось: Чудо

- Это чудо! И мастер доволен и люд не напрасен

Или мастер растерян – уходит, уходит, уходит

Вот подумаешь - счастье, и вправду подумаешь, счастье:

Счастье – это другое

Обернулся – и Киев, а крестик на хитрой опоре

Вдруг сдвигается в сторону, вдруг поднимается к сердцу

…Вот и белое облако, будто бы пар из притвора

Где язычники жмутся друг к другу, чтобы согреться

ИЛЬИНСКАЯ ЦЕРКОВЬ

Что видится мне с Боричева спуска
С какого берега поют рожок да гусли

Как разрешили Церковь здесь, внизу
Где видели медведя – не в лесу
Но возле леса - у Гнилой Притыки
Где если строить - только на весу
На глины и Днепра неровном стыке
Надорванном в последнюю грозу

Где Церковь – корабельное искусство
Крест-на крест брёвна сплавили по руслу

Да, разрешили строить только тут
Где человек и лодка – это двое
Берутся за руки и за рекой идут
Как человек и лошадь - к водопою

…Так переходят баржи глубину,
Держась друг друга
И жёлтый огонёк стучит во тьму
Лучом коротким
И этот стук всю ночь, всю ночь идёт по кругу
И тянут баржи за собой канатик тонкий

И уцепившись за канат все Водяные
Все звери тайные, насельники речные
Идут над глубиной, сдержав дыханье
И только слышно плавников переступанье

- Кто здесь? Ну, кто здесь? – Никого -
Кроме света одного

Илья пророчит, грозы вяжет, где уронит
Костёр съезжает на оси, вниз перевёрнут -
Жар маслянист, течёт в воде и пахнет краской
И днище барж отсвечивает красным

…Так, может быть, в последнюю грозу
Всё разрешится? - на неровном стыке
Днепра и глины строй себе в углу
Подола, чтобы с Боричева спуска
Всяк церковь – корабельное искусство
Крест пронести как будто на весу

Где видели медведя – не в лесу
…Но возле леса – у Гнилой Притыки

ВОДЯНОЙ

1

Свет от реки такой
Как зажег костры Водяной
Как зажег? Просто, говорю –
Чиркнул окунем по Днепру

Окунь-воин, о чем горишь
Полосатый ветер кружишь?
…Дым – холодный, огонь не злой -
Бродит Киевом Водяной

2

На Ивана Купала огонь получается так:
По воде чиркнешь окунем дважды – приходит рыбак
У него - рыбака есть костёр, а в костре уголек
-Не отдам окунька, - говорю – Это мой окунёк

Не такой я простак, чтоб скурить чешую и плавник
Чтоб сменять на обманку единственный в мире язык
Так что нет, не получится греться, не будет огня –
Не поймают на слове, на выдохе словят меня

- Но какой нынче выдох? – смешно – я почти не дышал

Я ходил вдоль воды, я воде уходить не мешал

(…Черноты из окна намело, бьются вещи впотьмах

Два окна покачнулись и встали на чёрных весах)

Так что Днепр под левым веслом уходил рыбака

А под правым – сжимается воздух и ломит в висках

…Непонятно зачем, непонятно кому – в потолок:

«Не отдам окунька, - говорю. – Это мой окунек»

3

Слаб человек, слаб

Радость его – хлеб

Жёлтый такой хлеб

Весь на колосьях-лучах

Хлебным ножом негромко

Мягкий нарежет свет

И над столом склонится

Сразу – широк в плечах

Огонь – подшёрсток воды

Вода – кораблик огня

Вот белый налив плодов

Чу, яблочный сок хрустит

Из моего окна

Верхних и Нижних Садов

Девичий звонкий стыд

Я различил. А что?

-Вода на боку лежит

Опрокинута набок вода

Внутри неё желтый хлеб

И золотой карась

И ходит огонь легко

Ходит легко, легко

Зажег костры Водяной

Сразу – широк в плечах.

АСКОЛЬД

На внутренней поверхности реки
В плавучей церкви служат моряки
Что не дошли до моря. Так бывает.

Для них вода ночами прибывает
Над ними соль везут грузовики

Их служба повторяет с опозданьем
На миг кратчайший то, что наверху
Во времени идет, как солнце - явно
Как воздух на духу

На миг всего, что тут же приумножен
Шероховатостью речной, похожа
Любая видимость, как воздух и вода -
Попеременно сыплют отраженья
Друг другу, так идет двойное время
В сгоревшие над речкой города

…Сопит, вовтузится предутренняя мгла
Скрипят ступени, близкий всхлип весла
Однодеревки, ищущей притыку
Всё здесь, все – здесь, а если где ошибка –
Не в слове, но подробностях числа

Так за ночь помертвевшая зола
Вдруг обнаружит искорку, другую…

И что гадать, кто будет одесную
Из малых сих, сгорающих дотла

Кто здесь Аскольд, кто Дир, кто может быть
Не узнан навсегда, и так забыт
Совсем-совсем, чтоб заново родиться

…Идет священник: Батюшка, скажи
А правда ли за гробом сразу жизнь
И если да, то, сколько будет длиться?

Светает… Поначалу все - свои
Вот церковь над Днепром на грузных сваях
И Дух, пройдя воздушные слои
В одну и ту же реку вновь ступает

Кто настоящий тут? С какой реки
В притвор церковный входят сквозняки –
Какой реки порог переступаем?

…Что за вода, с которой пребываем?
…Откуда соль везут грузовики?

СКАЗ О ЧАСОВЩИКЕ

Ставит часы на огонь часовщик
Так что январское солнце пищит
Выйдя над тиглем

Полдень. А солнечных зайцев нигде
Не повстречать, разве что на воде
Сдвинутся льдины

Вот и выходит, что зайцы бегут
Лишь подо льдом, где щука поёт
Круглая щука поёт круглый год
Зайцы бегут

…Или не так: это было потом
Здесь, в Белом озере подо льдом
Чёрный окунь построил дом —
Восемь окон, высокий вход
На крыльце камышовый кот

В Чёрном озере под водой
Белый аист совсем седой
На одной стоит голове
Ловит змей в ледяной траве

Между двух озёр кто-то есть
Кто-то с удочкой наперевес

Вот бежит по ночному мосту

Или вдруг – застыл на весу

…Чёрен волос, а был седой

…Окунь-воин пришел домой

…Восемь окон, высокий вход

…Как задумывалось, урчит

На крыльце камышовый кот

Часовщик часы из огня достаёт

Стала вечность прочнее на целый год

- Время спрашивать, часовщик

ПРОБУЖДЕНЬЕ

1

Где ты разноцветный сад
Где ты юный звездопад
С дерева на дерево

Нынче всё как в первый день
Не понять – *что* тьма, *что* тень
Свет включать не велено

Но тем ярче краткий сон
Освещённый куполами
Где звонарь под небесами
Княже мудрый за столом

Всё по чину, всё по чести
Киев добрых ждет известий
Посреди времён

*

Глазастою слизью святые страницы жирны
Так всё интересно и вещими кажутся дни -
Зеленые вещи
В бездомном саду. Отчего так неправилен сад

Плоды на земле, на деревьях мальчишки сидят

Глаза как черешни

2

Свят на Днепре мой город небольшой

С доверчивой и круглою душой

Внутри ограды всходит высоко

Горячее от крови молоко

...Свисти, свисти, полуденное солнце

Свисти, свисти

Свисти, свисти, полуденное солнце -

Мне нет пути

Вот часовщик – он солнечных часов

Исправил время - кто исправит солнце

Что кажет нам неправильные страны

Проходит лес, меняется садов

Зелёный контур на дощатый ставень

Что заслоняет Божий свет в оконце

И что тогда, спрошу, в сухом остатке

Сухое облако, скажу, в сухом остатке

Насквозь сухое, жабрами наружу

Стоит вверху – бесцельно, неподвижно
Как будто умерло. Но нет – в сухом боку
То кость подвинется, то хрящ полупрозрачный
Пропустит свет и солнце засвистит

- Свисти, свисти, полуденное солнце
Свисти, свисти

Свисти, свисти, полуденное солнце
Над покрасневшим молоком. Ещё
Киселен берег на краю колодца
…Стоит мой город с круглою душой

3

Мне снилось будто я вот-вот проснусь
Покуда не приснилось – я проснулся
Лишь мысль сама о пробужденье – пусть
Всего лишь мысль – а всё-таки искусство

Как дождь в окне, чтоб я представил – дождь
В рыбацких лодках завтра выйдет в реки
Не вычерпанный дождь пойдет гулять
От носа до кормы, а человеки
По щиколотки в дождевой воде закинут
В речную воду снасти наугад

И снова сон – мне снилось, с деревянных

Высоких полок достают неспешно

Плотву, а следом сразу двух лещей

Двух неживых, игрушечных, стеклянных

Но стоит лишь коснуться плавника

И рыбы оживают, смотрят рыбы

Как будто бы пришли издалека

По клёву первому, по первому звонку

…Так смотрят рыбы

…Так проснулся я

ШМЕЛИ

Они летят всё громче, всё быстрей
Они ложатся на крыло полей
И в золоте проносятся без счёта

Вся музыка в полоску, и жужжит
В мехах и славе мчащаяся жизнь,
Не глядя в ноты

Там, в придорожном озере карась
Червлён и влажен
И облако вот-вот должно пропасть
За ближним кряжем

- Спроси меня, где реки из воды
Вода из пепла?
…И всё же, говорю, летят шмели -
Душа воскресе

МАЛЬЧИК

*

…Гори, гори, свечка

Речка совсем худая
Толщиной с руку великана
Рука у великана, конечно, большая
Два дуба в обхвате
Вот они два дуба и стоят, а чуть дальше речка
Рыбак лет семи

…Гори, гори, свечка

Удилище держит двумя руками
Потому как тяжёлое, из цельной лещины —
Удочка для великана

*

Сила, с которой твоё отраженье,
Попавшее в реку, отторгнуто
Что это, если не лишнее время -
В тёмной воде размокли лицо и одежда
Снасть изогнулась под ложным углом, утонула
Вместе с рекой

…И с досады бормочешь: Эту речку уже не узнать
Эта речка так изменилась

*

Рыба умерла
Мальчик украл её у рыбаков, чтобы спасти
опускал в воду, поддерживал –
Не переворачивайся, стой ровно

Она всё равно всплывала, лежала на боку
- Плыви, ты свободна

…Рыба умерла

Дождь пошёл
Вода застучала по чешуе
Закатилась за кромку глаза
Покачнула плавник, пошевелила губой

- Ну же, - повторял мальчик,
Подталкивая рыбу два раза – три раза
- Плыви, уплывай, иначе придут за тобой

…И дождь прошёл
Посветлело небо, вода светла
Вот и вымолвилось, словно само собой:
 Рыба умерла

*

Не ходи в окно босиком
Обуйся, потом ходи

Воздушные змеи свернулись клубком

Обуйся, потом ходи

В ботинках тяжёлых вперёд-назад

По воздуху – у всех на виду

А сразу за облаком будет сад

Последний в этом году

*

Чудны Дела Твои, чуден воскресный день

В невозможном зазоре «вчера» и «завтра»

Тоньше ивы с Нижних Садов

На изгибе реки, где круглая тень

От парящего Генеральского озера в солнечных травах

…Гори, гори, свечка, уже не бойся ветров

Верхний ветер гонит облака

Нижний закручивает отражённое облако

И оно меняет форму, становится густым

Взбитое на речной воде листьями ивняка

Тяжелее верхнего, того, что сказано: дым

Или не так: убежало верхнее, лёгкое молоко

А вот это отраженное ещё здесь, с нами

Сегодня воскресный день

Тонкими, почти невидимыми линиями, пустыми кругами

Движется в открытом окне свет

Полвека спустя осознаёшь себя великаном

Ты – облако, ты – мальчик с удочкой из цельной лещины

Ты – озеро, которого нет

На этом самом ближнем, самом видимом свете

И снова – ты. Или не так: Только ты

Кто отражён – бессмертен

***

Я нечаянно видел начало
Человека на фоне причала

Этот камень, брошенный в землю
Станет городом тонкостенным

Кто я, чтобы меня любить
Кто ты, чтобы меня забыть

На ресницах твоих огонь
За ресницами спит ладонь

Вот и дождь, что так ждали летом
Осыпается белым цветом

Росчерк дерева в синем окне
Подпись Бога на синей стене

■ ■ ■

Эпилог

***

о. Анатолию

Утренней службы свет восковой влажен
Будто по воздуху Днепр идет важен

Следом за ним:
…Учаны
…Лодки-однодеревки
…Киевские прочане
…Водяного усатые детки

Скрипит Деревянная церковь, поворачивается на оси
Справа облако, облако слева
Чего хочешь, проси:

…Свечной пароходик
На белой полоске воды
Горит, не уходит
Пока мы бежим сквозь сады

Нас яблони видят
Мы яблоки в сумках несём
Никто не обидел
Никто не обидит потом

Скрипит деревянная церковь, отчаливают прочане
Умер я что ли? или в самом начале

Тропинка на пристань
Бежим, задыхаясь вдвоём

Нас яблони видят -
Мы яблоки в сумках несём

АЛЕКСЕЙ ЗАРАХОВИЧ
СВЯТЫЕ БАРЖИ
ИЗБОРНИК

First Edition

Design and typesetting: Virgola Press
Published in 2025 by Virgola Press, New York
https://virgolapress.com